我現在 了

馬尼尼爲

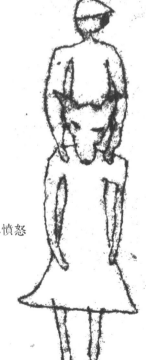

我的喉嚨被灌了狗的聲音與憤怒
我知道我不是白痴
我也想幫你辦生日會

人和狗
沒有不一樣
狗去的地方
人都要去

你已出生了
這是你丟掉的東西
也是人丟掉的東西

不用裝互不認識
不用裝不認識狗

狗在出生的時候
還不知道自己是一隻狗
人在出生的時候
也還不知道自己是一個人
在那種時候
狗和人沒有不同

每個人都曾經是一隻狗

神說的

體內殘存狗味

曾經那樣小小的

有點臭

有八個眼睛

還有很多隻手

畫不出來的

活生生的樣子

再小一點才對

突然醒了變成了人

突然說起了話

就唱起了歌

每個人都要去當一隻狗，神說。

現在，輪到你了。

我現在是狗

馬尼尼馬

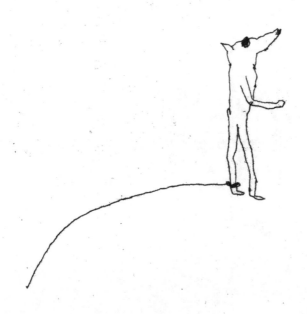

光可以送你一件圍兜

讓你不會弄髒自己

讓你重剪

重來

黑眼珠

紅舌頭

讓風摟著你的髒脖子

不用趕上那班車

抱緊你的小身體

燈火通明的靈魂

兩點微光

送你啓程

明年的話
命不用算
用常用的字就好

狗的話
又要出海了
讓牠吃飽　加一件外套

我們在傍晚領養了一隻土狗
牠戴著蝴蝶結領結身上還有剛洗完澡的香味
牠乖乖地坐在我兒子旁邊讓我兒子牽來牽去
一路上牠走走停停走兩步就坐下死都不走又愛擋路
路上遇到的人沒有一個體諒的只會說
「你的狗，擋到我的路了。」
我只好把牠抱起來抱得現在我全身都結實起來
回到家牠先是裝可憐都趴在廁所門口一動不動
沒多久牠像瘋了一樣咬小孩一個一個的玩具
把他日月堆積蓋起來的樂高城鎮都毀了
地板一片狼藉
我們只好犧牲一隻三角龍給牠咬
睡覺前牠在我房間尿了一灘
尿到兩件小孩的衣服
半夜睡到一半牠發出巨大的聲音
聽見牠在咬玩具踩毀城鎮的聲音
把貓飼料從高處拖下來散落一地
我躺在床上懷疑牠會不會獸性大發撲上床攻擊我
半夜住進了一個小偷在房裏東翻西翻
我起床想罵牠牠坐在地上用力拍尾巴

早上睡眼惺忪尿味撲鼻

牠在廚房拉了一坨屎一堆尿

踩過尿的腳印踩得到處都是

第二天早上牠在三個地方撒了三灘尿　廁所廚房小客廳

我費力拖了一次又一次地

正在吃早餐走進廚房牠神速又拉了一坨屎

我出門不到半小時管理員悄悄和我說你的狗很吵

鄰居在投訴你要教好

我開始懷疑這個世界

我的狗吵到你了
擋到你的路了
我不想和你說抱歉
因為這是我領養的流浪狗
我希望你能有一些同理心

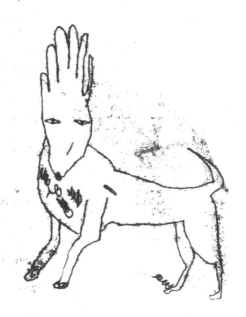

讓狗理論：

靠馬路邊

讓狗過

讓狗走

清屎工報告：

我的生活已經夠美

不需要長長的烏黑頭髮

不需要名片

被人忘了沒關係

目前在當清屎工

換一碗水　換一種親近

換飼料　買飼料　罐頭

貓砂　報紙

換水　拖地

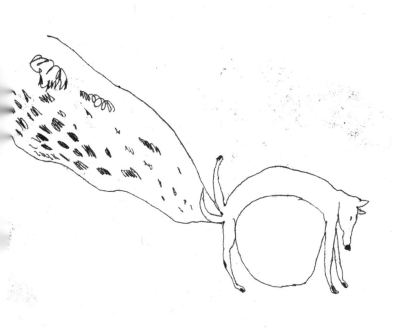

這世界有誰沒當過清屎工
我原來是貓的鏟屎工
後來加入狗的清屎工
狗的屎比較麻煩
住台北公寓的狗最麻煩
你得讓出一間廁所給牠用
狗無遮無擋要大就大
清屎工的願望很簡單
不要拉出稀泥狀就是上天保佑

狗屎滾過雷聲　後腿一蹬
磅！就掉下來了
射出一股臭氣
眼一睜　又多了一坨屎
兩根觸角還在
顯然已沒什麼力氣

我這幾天都在拖地把狗屎拖乾淨
令我很想反悔每天都在望屎嘆氣
可想到把牠送回收容所牠的命運又強忍下來
我好好和牠說幾句話牠好像都聽懂了
我這幾天都在苦惱在和道德良心作戰

到底人該不該收養流浪狗來毀滅生活的乾淨我說不上來
到底神為何造這種生命一堆缺陷來挑釁人類我說不上來
我坐在電腦前聞到牠身上飄來一陣陣的狗體味
我說不上來喜歡狗味
我喜歡原來房子乾乾淨淨的味道
可想到把牠送回收容所牠的命運只好假裝沒聞到
過一種假裝不得已的生活沒有人要
所以沒人要收養流浪狗
我慢慢想通了這種問題
這種時候其實也不用想
就是一把拖把　在廁所裏
還有一些清潔劑

我最近全身投入清屎行列

爲了一時的惻隱之心失手領養一隻流浪狗

我這輩子最瞭解狗屎的時候就是現在

因爲我每天得清幾次狗屎

細節方式就不用說了

若有狗屎問題盡管問我

清狗屎的心情不太好

這也就不用多說了

你問我有沒有想過清狗屎的意義

老實說我不敢想不用去想

屎事做多了還是屎事

難道你指望有好運降臨

屎事就是屎事就是活著

這是我領悟到神的旨意

我的房子正被一隻狗洗劫因為我失手領養了一隻土狗

我的生活正被一隻狗拆毀因為我失手領養了一隻土狗

我在冬天正在開電扇因為我失手養了一隻土狗正在用力吹走

狗的味道

牠假裝跟我很好一直在我腳邊坐著其實我根本還不認識牠

只覺得牠身上雖然有一層洗澡的味道但狗味還是不時飄出

所以我把窗戶大門通通打開身上穿了大外套

牠不時啃啃我的腳把狗味留在我腳上褲子上

我上廁所曬衣服煮東西只要站起來牠都要跟

我得不停跟牠說沒有沒有沒有沒有沒有吃的

有時偷偷瞄牠看牠的樣子想確認這是不是命

當然神沒有給我答覆世界沒有給我答覆

我們之間最常講的話是「不可以」

這是牠學會的第一句中文

有時會很想跟牠說

你有家了不用擔心吃的不用擔心我不會拋棄你

我會照顧你一輩子但你得保佑我活得比你更久

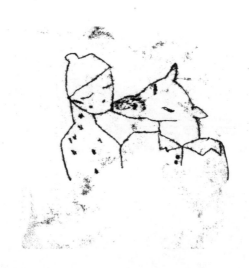

我的貓還在開會

我原來有兩隻貓最近失手領了一隻土狗
牠不知道什麼是名字不知道自己該有個名字
我叫牠名字牠不知道那是在叫牠
原來在這之前牠沒有名字不知道他們曾經如何稱呼牠
牠什麼都不怕人生歷練或許比我豐富
狗眼看的人比我還多吃的苦也比我多
冰冷的地板牠躺了就睡不需要毯子不需要玩具
看牠瘦瘦的睡在地板上晚上還非得要貼著我們的床睡
不時發出熟睡夢囈的聲音不知道做了什麼樣的夢
看牠睡著的樣子不算可愛還有點悲涼
看得出來牠對這個世界很害怕牠也沒有想像光芒的能力
因為一出生就被送進收容所沒有人陪牠玩讓牠玩讓牠跑
牠對城市的一切噪音都還不太習慣沒走兩步就想躲起來
我的貓最近有很煩因為這隻狗實在太臭太煩
我跟我的貓說牠沒有家請你們發慈悲接受牠
她們兩位坐在一起討論很久目前還沒有結果

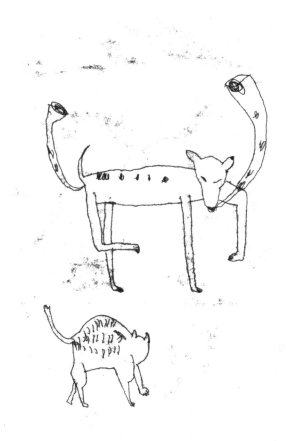

一大早兩隻貓在討論關於那隻狗的事
她們不懂為何牠老是走來走去
無時無刻想找吃想找東西咬
爪子在地板磨來磨去走路很大聲
全身還發出陣陣臭味
老是要搶貓的食物
兩隻貓看著我
跟我說這隻有點討厭

小孩也把房門關起來說那隻狗太煩
老是跟進跟出根本沒有人想和牠親來親去
現在我們二貓二人沒人喜歡你
你最好好自為之

在陽台大便：第二筆

清屎工今天很想休息
沒料還來不及帶牠出門又在陽台大了一坨
迅便不及掩鼻

（揍你！）

狗味晚安

晚上那隻狗不讓我們關房門
一關牠就用力撬門勢不可擋
最終像猛虎一樣砰把門撞開
牠非得進房睡在我床下附近
於是我不時聞到牠的狗體味
一陣一陣飄來令我不太舒服
想想怎會變成這個樣子
未來每天狗體味伴入眠

要養一隻狗的告誡

我懷疑我那天是頭腦短線去領養一隻狗
領回一隻土匪在我家大肆掃蕩
每天回家開門都心驚膽顫
家裏總是狼藉一片不知道牠和誰有仇扯爛了它
不知道牠又在哪個新大陸放了一坨屎

要養一隻狗　你必需把心臟最強的除臭劑打開
要養一隻狗　你得安裝大便接受器
還得學會聞到狗味淡定處之
看到屎尿不驚不亂

要在台北公寓要養一隻狗
你實在需要把心臟切換成強效的
接受和養小孩有過之而無不及的凌亂
學會和狗味說晚安
和整潔完美拜別

狗屎哲學

他們怎麼說哲學的
不如去幫狗洗澡
不如去洗廁所
晴天陰天雨天狗都要拉屎
台北公寓的狗主人都要清屎
沒有人要當狗屎藝術家狗屎清潔家
哲學是生活的狗屎
狗屎是生活的哲學

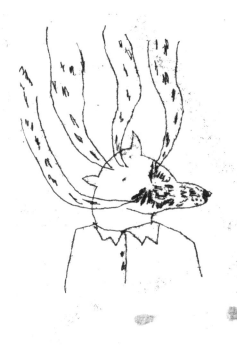

狗，就是這樣
大便了
在陽台亂叫

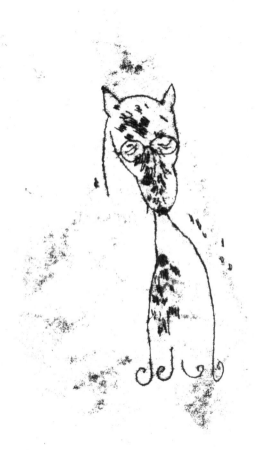

狗味詩

我最近只寫得出狗味詩　還有我腳邊的狗
因為我的鼻子已被狗味攻陷
狗味揚起風帆火速前進吹亂我頭髮
人所皆知的狗味在自己家裏還是不一樣
我聞到的是溫熱的狗味一滴滴進我鼻孔

狗味狗尿狗屎緊緊咬著我的房子地表
我連尖叫斥責都省去了
躺在床上我知道牠溜進房間
牠很瘦令人不捨

狗味晚安
狗味放過我
狗味今天強度如何

狗味早安
狗味早上還好
越晚越烈

我思考狗味的成份
狗味存在的意義

我的狗第一次上美容院洗澡
他們聽說牠剛從收容所出來都對牠很好
牠拉屎在烘乾箱裏他們沒有罵牠還好好又幫牠洗了一遍
我幫牠買了新的橘色牽繩項圈　很搭牠土黃色混黑的毛

我帶牠去逛街　我們只能進寵物用品店
聽說牠剛從收容所出來店員會送東西給牠吃
還讓我買有機狗餅乾給牠　大家都稱讚牠很乖
大家都說牠太瘦營養不良　誇牠是隻聰明狗
我突然變成了貴婦大方地買東西給牠

因為那隻狗很臭　我從他身上借走一首詩
狗活蹦亂跳的　腳濕濕的　嘴黏黏的
走在我肚子上　我把牠借走了
我現在開始像個人了　可以講故事給你聽了
你變成了藍色的狼　不要吃我
我的腳借你躺　來說晚安

你的狗　早已習慣了等候
多風多雨的一隻狗
一雙腳　走了一半不到的路
一隻新的狗　吵了一個晚上
還有很多把戲
蜷拄你床角
像夜神一樣坐到深夜

狗走失

（第四天早上七點多，我起床在陽台沒看到狗屎，急急牽牠去外面，其實他已經在玩具房大了。我把牠的牽繩綁在摩斯漢堡外的小花圍上，因為狗不能進店，我得買早餐給小孩，沒想到牠把整組花圍拖走，掙脫，橫越車水馬龍的大馬路。我來不及尖叫尾隨到馬路邊已不見踪影。我隨即到馬路中間的安全島找，兩旁的車子公車呼嘯而過我渾身都在顫抖，六歲的小孩一個人在家起床一定會找我。我得先回家弄小孩。可狗也得趕緊找）。

狗走失了
狗味也走失了
我也走失了

滿地還是短短黑色的狗毛
和死亡比起來
活著的麻煩都可以忍受

我找了一天的狗

問警察路上有沒有狗被撞死

用我笨拙的手跑過去牽不到你看不到你

找不到你跑過大馬路

我現在是手是空的手掉了牽繩的手

狗鼻子的地方流了血

像我在車上寫的字

從這裏走進冬天的外套裏

狗的牽繩繫了我的馬尾緊緊地往前跑

往前跑跑過大馬路跑過車水馬龍

跑過我的心臟

我想要騙你我太忙著清洗

用那個可以洗乾淨

洗不掉的

不用洗了

從狗臉到狗爪

狗跑掉了頭也不回地往前跑

狗跑掉了從捷運到公園

都是暴風雨

都是碎冰

我一個人踩在上面

我在找狗
我一個人踩在上面
有三百個房間
八百扇門
我在找狗
我現在在找狗
我找了一天的狗
我不得不去找狗
就算我不是好人

吃飯時間我都坐在看得到牠走失地點的店
看著馬路中的安全島把飯塞進嘴裏
我現在在找狗看到人我會問有沒有看到一隻狗
卻說不出來牠是一隻怎樣的狗
反正那些人都說沒有

沒有他們不知道什麼是狗
沒有人知道什麼是狗

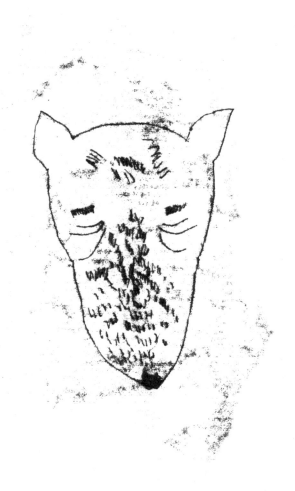

第一行是樹　先喘息　深呼吸

第二行是房子

第三行臭水溝

第四行是刪節號

第五行是問神的問題

第六行是問號　那些媽媽要去哪裏休息

第七行　我的貓打翻了垃圾桶

第八行　留言給那隻狗

第九行　留言給那隻狗

留言給那隻狗

留言給那隻狗

留言給那隻狗

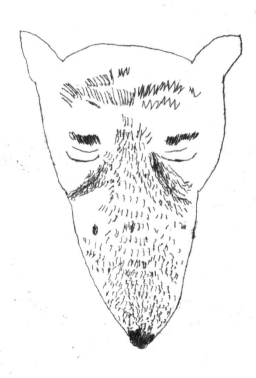

狗是如何被找到的

（晚上八點多。飄著細雨。初冬。我的狗早餐還沒吃就跑
了。令人心疼。看到路邊的垃圾我就想著牠是否曾來翻找
過。牠很瘦。晚上會開始降溫。牠要在哪裡過夜。
我騎腳踏車往斜坡上去。漸漸遠離了燈火明亮的店家。我慢
慢地划著。突然在小土丘上立起兩隻野狗。我嚇了一跳。那
是你嗎？我說不出我的狗的特徵。不是。那姿態不像。這裏
是野狗的地盤。你不會在這裏。但我的眼睛突然在夜色中學
會認出狗的身影。
從斜坡往回走的時候，我突然就看到我的狗了。牠不吠不叫
地縮在牆角。脖子上的牽繩還在。被路人圈在那裏。讓牠沒
法亂跑。我就這樣找到了我的狗）。

吃飽後我們一起去散步
我想問牠很多問題
牠對我不理不睬
在地上把玩樹葉

找到了　抱緊了　還會發抖
還是我的瘦狗
瘦成一半的狗
半張人的臉　還有人的味道
被牽壞了　對不起

今晚睡我這裏
我眉毛上長出白色狗毛
今晚離我遠一點
我每件衣服都是狗臭味
我先生叫我把衣服換一換
今晚我們在這裏避一避
他們要把你送回去你知不知道

那是一隻狗變成燕子的故事
牠死命往前跑時我很難過
我緊緊拉牠也感到脖子很痛
我知道那隻狗為何要變成燕子了
牠穿上的狗大衣很單薄
穿上羽毛衣　才會飛

因為這隻狗是還是小孩子
難道你們不能有一點同理心
你們說話比狗吠還大聲還吵
你們裝修也不管午睡時間而且沒有停過
我的狗哪裏有錯了

牠到的時候已經很疲累了

一臉驚恐地探頭看你

我的辯詞：

狗就是這樣一開始就是這樣

狗就是這樣我現在告訴你

狗就是一種會叫的生物牠不是啞巴

跟你會說話小時候會哭一樣

你小時候亂哭有人投訴你嗎

狗就是這樣跟你沒有兩樣

你講電話就是這樣很大聲

你聽音樂看電影也是這樣會吵到我

狗就是這樣牠是狗牠剛來

你去報警說我的狗吵了你

去和全世界說我的狗很吵

警察不能對我怎樣也不能對狗怎樣

狗就是這樣　世界就是這樣

你沒錯　我也沒錯

狗也沒錯

這樣的話你還有什麼好說的

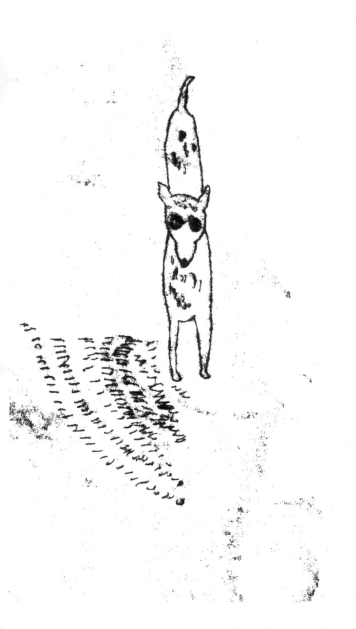

你為你孩子洗澡

我為我的狗洗澡

這有什麼不一樣嗎

你小孩在哭　我的狗在吠

有什麼不對嗎

把你自己的小孩縫好

不用管我的狗　不用弄髒你的嗓門

不用管誰是雷聲誰是雨聲

我的狗在噴大便又沒噴到你

我不用和你吵　不需要

這種事不用語言能力

你的自豪　你人的臉　人的話

別擋住我的狗

別擋住我們的光

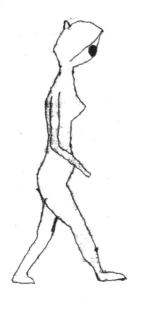

人人都看見了
他們想吸掉狗的聲音
說不定這是一種病

吠著吠著盡管吠吧
吠著吠著往前衝吧
吠吧　誰敢喝止你

狗的吠聲已經被車撞死了
人人都看到了
人人都聽見了

讓那些人好好表演
表演投訴狗的吠聲
表演不認識狗
表演揮動你們嘴裏的旗子
表演十艘戰艦
沒關係我蓋了一間銀行
你可以把狗吠存進去
我可以送你一本存摺
我可以為你的投訴縫邊
為你的投訴織一件毛衣
還可以畫個耳塞嘴套給你
讓你試試狗的嘴套

神把自己變成一隻狗
來測試人類

若你想知道神的樣子
可以去看看狗
去聽聽狗

成為狗之前的臉
成為人之前的臉
有什麼不一樣嗎

他們無法忍受狗吠狗味
假裝正義假裝和平

剷除動物的聲音
我們硬生生的相撞了
狗過來聞我

狗不是非有不可
那一點吠聲　　躺著不動了
轉成一個圓形的孩子
還牢牢牽著母親的手
狗沒有親人　　不要這樣草草對牠
我也沒有親人　　不要這樣和我說話

你不用再為狗吠而不安
為狗吠而砸我的腳
你　你是狗臉
嫁給狗　一刻不得安寧

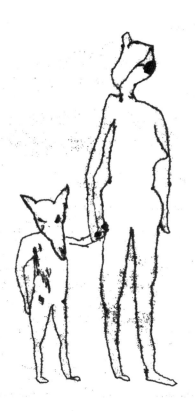

我現在是狗　是一層毛

是少女的黑皮膚　是枯瘦的毛

我畫在那裏的蛋破了

蛋黃流進稀疏的狗毛

是狗的眼珠子　黑溜溜的

也破了　變成我手裏的淚

我現在是手　牽我的手

我現在是狗　摸我的頭

我現在是手　抱我的手

我現在是狗　抱我的狗

這是我前世餵養過的狗

該餵的餵　該寫的寫

狗就這樣

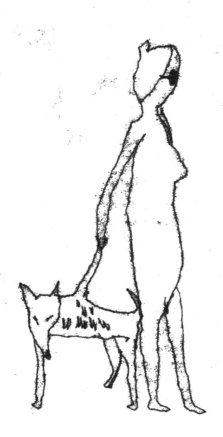

牠是一隻九個月的狗
被好好地洗過了

我在處理狗的事
不要煩我
我已經被狗的難題淹沒

我去搭了沒有人的火車
狗的難題
穿過一個個山洞
我身上穿的是二手店的舊外套
是狗的土黃色

我第一次想和兒子說清楚的事
就是狗的事
狗的難題

我搭那班火車是要去醫院陪我媽媽看病
我剛好趕到了
醫生判斷我媽媽是帕金森病
我們急急忙忙排了一堆檢查
在醫院排了一次又一次的隊

再搭火車三個小時回到家裏
我媽媽睡著了
我還得牽狗去放電
狗不明白我的心事

我媽媽說我一整天都在弄狗
因為狗弄得很忙還花掉很多錢
我在家裏
揹了一隻狗
揹了一把槍
我媽媽說不能殺生
我還是用力把一隻蚊子打死了

そと

狗牽了我的手了
別唱了　別叫了　麻煩來了
用狗的手吧　沒別的路了　叫狗來　走就走吧
叫北風叫太陽好好地欣賞我的狗　看三遍都不膩

睡吧　狗
睡吧　母親
別唱了　別叫了　麻煩來了

狗睡覺的時候　長出了人的臉
四條腿　小聲地哼
兩條裙子　兩條腿
人的臉裝飾好了

給你戴上項圈　戴上人臉
狗睡覺的方式　和人一樣

我做了三個夢　夢見三個強盜　三隻狗
帶了三個麻煩
不要結束　不要打狗

你手裏牽的是一個孩子
牠穿了一套西裝
想結婚
淡黑色的西裝
很舊了
迎面撲上你
伸手去抱你
想和你結婚

那是狗的箱子
你不要睡

我在那箱子裏學會了叫媽媽
找到了一隻叫我媽媽的狗

我把他抱起來
抱進我的鼻子

我的手想和你一起吃飯
想牽你回家
我的鼻子想住進你心臟

狗當工人亂蓋房子

當大姆指　亂蓋手印

狗當裁縫抓了一把線　狗說

從這條線回家　會有蛇　但不用怕

狗輕輕打開軟飄飄的襯裙　躲進我的畫裏

狗用黑黑的手寫襯裙的小說

用襯裙的小說寫狗的憤怒

用狗的面具寫人的臉

用人的腳畫狗的手

狗的晚上寫在襯裙上

狗的積水讓蚊子繁殖

讓你被叮咬被吸血還生了病

換一件裙子　然後你就忘了狗的喘息

登過你的山　拆過你的房子

這樣的地方是發不出聲音的　這樣的地方是回不了家

白色的孤身被染紅　用肥皂洗過了

我的肥皂泡有心跳

飛過草堆

向前跑

吹得高高的

破掉的時候你才會知道

日落了一半把狗抱上去

貼著冬日冷風緊緊蜷著

我準備好了
送給這隻狗
牠會穿上的

我現在是手　手到房間去

要去買菜　還有那隻狗蹬蹬蹬在客廳走來走去

還有那從斜處來的強悍　手靠著詩脫下來的衣服

脫下來的全部都修補不了

手靠神借給來的童年　煮好了飯

手的眼睛有聲音　還有無聲的筷子進出　我現在是手

黃昏的手講了半天　講到陽光完全消失

講到寒意盛開

我現在是手　黃昏要住口　漆黑迻入口中

無聲的筷子又立了起來　摸黑進入雙唇

漆黑變成零星的耐心　失去耐心的透氣

變成無力張口的漆黑　無力再打開的手

119

我現在是手　黃昏又斜進來　又被丟出屋外
手把你的字寫糊了　還露齒笑
手出了站　走到我家
拿了把刀守候著　坐到深夜
我才剛把牠送走了

我現在是手　破曉了　東北的寒風來照顧你
左搖右擺　弄髒我的手
堆滿回答不出的問題
脫掉你的手

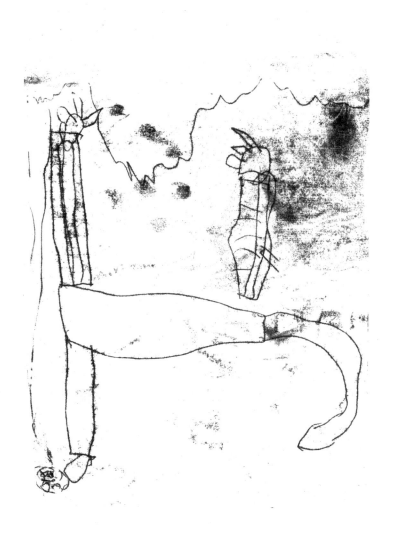

我現在是手　我們是手把手的狗姐姐狗妹妹
我去買材料　我想買那隻狗
手把牠畫在那裏　困在那裏
手把畫錯的地方改成了噪音

微薄的土黑色　我的狗
我的狗　有一張狗的嘴
把它們合在一起
我想和你一起瘦
嘴裏有長長的舌頭
我現在是狗　走進狗的房子
走進熟悉的頑固的狗吠
我把狗吠割下來了你不用怕
暗紅色的刺眼
我現在是手　騙你耳尖上的假金屬
換成狗項圈

我帶一隻狗回家

牠咬爛了紗門

咬出一個大洞

咬出我家裏的洞

我先生的腦洞

洞越破越大

我和狗無法收拾

狗回去中途的家

那個洞還在

兒子在那裏穿來穿去

我先生看了怒了

他覺得人不應該像狗一樣

我說小孩子就和狗一樣

那個洞還在

孩子還會穿過那個洞

我曾經那樣粗暴地對待牠
當我在睡覺當鄰居都在睡覺
那裏是變小的顫抖
我對狗的眼睛已經瞎掉
裝在玻璃瓶裏
坐立難安的告解

坐立難安的難題
我看這隻狗纖瘦的三角臉
我認不出這裏
我不要這種暴力
我不知道牠的過去
我拿去讀了一點點
讓牠讀到今生和那裏不同
一點　一點的不同
不要吐
不要吐在我門口

送狗

第一行是一包狗糧　幼犬的
我已經買了一根蠟燭在白天
我婆婆的神枱上長蜘蛛網了
香爐上有一層灰
狗尾巴
有一隻眼睛
狗尾巴
在搖著
狗在車上哭了

在籠子裏
認不出牠天然的輪廓

穿上狗的毛衣令我很溫暖
不用太靠近我
不用假裝安慰我
這裏還有一點點
孩子的笑聲

離狗的身體不遠的地方
有一座僻靜的房子
一個濕鼻子
我寫了一本
黑白的
沒有照片的書

要乖噢
你看你弄濕地板了
你看你不知道體面地大便
不知道體面地吃飯喝水
走路睡覺都像流氓一樣

我準備被你嘲笑沒問題
我準備砍倒這棵樹

緊握的手

準備被刺破

那裏是稀稀疏疏的毛
借杯水
借個輕聲的呼叫
借那隻狗的生命力

借個好人來收養這隻狗
借一個藝術家
去拿狗的行李狗的土地狗的天空
去擦牠的腳牠的掌
擦掉人們長長的廢話

此生
當一名狗的乘客

當一名狗的讀者
去一趟狗的家
給牠你的手指

我的喉嚨被灌了狗的聲音與憤怒
我知道我不是白痴
我也想幫你辦生日會

我　把我的狗送回去寄養家庭了

我說不出口　不用解釋

手寫字　那都再也無法看書

在外面　牽著他很無助

幫他打好一件毛衣　穿好衣

困境　沒有解決

一分鐘　一個早上　一個雨天

我們在一起

在那裏

看我們被母親丟掉的尾巴

看有狗屎的拖把在瀝乾

還有此生的婚姻

不要咬我　我不想玩婚姻的遊戲

我臉上的帳篷破了

人們同時說話　那些人類　嫌你吵

此生要找一個好主人　原諒我

我和你一起躲到沙發下面　睡在床底下

一身臭味　我也是個寄生物

和你沒有不同

給你
斷掉的搖籃曲
幫你接成一條項圈
我現在是手把自己打敗了
什麼都不剩

牽我　帶我去找你的好主人
牽我
帶我去
把你交給好主人

狗的眼睛搭在我肩膀上
弄亂了我的頭髮

狗的口水弄濕了我的褲子
我變成了一隻狗

這輩子沒有任何可告人的事
養狗失敗記一筆
來世成為一隻狗

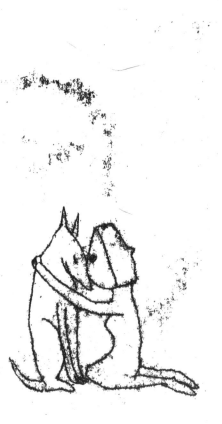

我從沒有要假裝自己是好人

我穿上我的的廉價毛衣。混了狗餅乾狗玩具狗口水。時間轉
了一圈又一圈。不用解釋太多。我的腳壞了。牽不走牠。我
的頭腦壞了。讓牠中彈。我沒準備好。沒把牠扶好。沒救
牠。不用解釋。大批的野草長出來了。清潔劑用了一瓶。飼
料潔牙骨跳蚤藥。我從沒有要假裝自己是好人。養狗失敗也
沒有要找藉口。詩不好好寫。家不好好收拾。不好好陪小孩
照顧父母。你做人的罪夠多了。

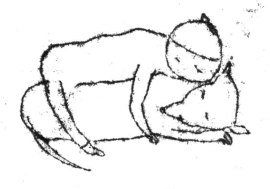

ঘুম

光靠和善無法生存。

若是不和善則沒有生存的資格。

——Raymond Chandler, Playback。轉引自宮崎駿

《折返點》423 頁

後話：

我想起這隻狗的時候。瘋了似的畫了很多狗的圖。
有時候眼淚就掉下來。
恨自己的無能。想到自己局限的住處、經濟情況。
恨自己的多情。養不了你。養不了更多的動物。

國家圖書館出版品預行編目（CIP）資料

我現在是狗. 老貓簡史 / 馬尼尼為著 . -- 初版 . --
　　新北市 : 斑馬線 , 2019.11
　　　面；　公分

　　ISBN 978-986-97862-5-6（平裝）

868.751　　　　　　　　　　　　　108018786

我現在是狗·老貓簡史

作　　　者：馬尼尼為
總　　　編：施榮華
繪　　　圖：馬尼尼為

發 行 人：張仰賢
社　　　長：許　赫
出 版 者：斑馬線文庫有限公司
法律顧問：林仟雯律師

斑馬線文庫
通訊地址：235 新北市中和區景平路 101 號 2 樓
連絡電話：0922542983

製版印刷：龍虎電腦排版股份有限公司
出版日期：2019 年 11 月
ISBN：978-986-97862-5-6
定　　　價：420 元

老貓簡史

馬尼尼為／著 繪

老貓走過來把她的床送給我　我們一起睡過的床

A brief history of old cat *by* maniniwei

寶兒 2006-2019

我住進台灣婆家不久，寶兒就從天上掉下來了。掉在我婆婆的陽台上。成為我在台灣的第一位媽媽。老貓是此生和我在一起最久的生命。當時她從天而降成為我的媽媽。但記憶已經稀疏掉光了。她知道我都在做一些除了自己喜歡之外沒什麼用的事。老貓知道我沒有那麼喜歡她。老是和新貓睡在一起。總是在抱那隻肥胖的。她是碎掉的雲朵。被我小孩震碎的。被新貓吵碎的。她飄在上面。像神仙一樣。隨著她的年老。她常常成為一件傢俱。坐在和她一樣顏色的毯子上。她沒有什麼要求。清靜地活著。她青壯時我和她拍了很多照片。洗成超大張。去上班時我都把照片貼在桌面。讓大家都知道我有貓女兒。那時候我對她一心一意。可這些被後來密密麻麻的生活淹沒了。等她病發。這支筆就像一支針筒。等我把針刺進自己。等我一個人留在紙岸邊。等我把自己關進白色紙張。她有時吃會掉到地上。吃不乾淨。她不吃飼料了。連罐頭也不太吃。或是只吃剛開的罐頭。放過冰箱的她又不吃了。肉泥也挑。非某種不吃。老年的挑食症。她就瘦成一張皮的偶而站起來走一走。連喝的水也挑。她會坐著。等我換過新接的水再喝。老年症。老年的入口很窄。不想讓人進去。對人沒興趣。一切已經不重要。吃不吃藥。吃不吃飯都不重要。有時聞到食物她就僅止於舔舔嘴巴。放到她前面碰都不碰。好像呼吸空氣就夠了。圖個安靜不要去打擾她就是了。吃很少令人擔心。但也只能隨她就是。

貓史

老簡

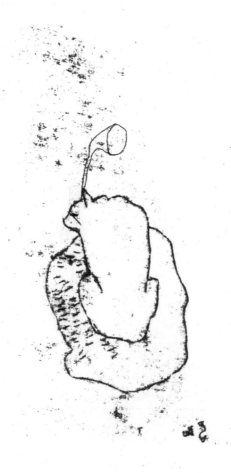

老貓病了　護士教我餵藥

老貓在寫詩　坐在那裏不動

試著靠近她　掰開她嘴巴投藥

老貓身上那張紙已經滿了　我換了一張尿布墊

被喝成咖啡　縮進咖啡的黑色

在她的胸腔前換了一張新的紙

老貓跑到外面屋頂去一整天　抗議餵藥

老貓關門了　空行又空行

老貓的病

穿過一個一個房間

穿過我這十幾年的身體鼻孔

她沒力了

我帶著孩子去了那裏　在老貓的病裏

再過去一點　過了一個一個晚上

老貓在一件一件我曬起來的衣服裏

塞進一雙雙襪子裏

最後一口氣在那個段落裏

在空行裏

一個字也寫不出來的空段落

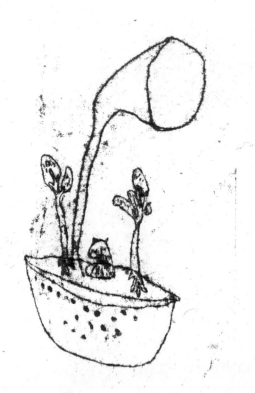

這是老貓給我的藥　神給的黑色

去弄點黑色來喝　弄點麻煩來做

老貓給我的肩膀　要我繼續去弄貓　弄黑色

老貓這週睡得很好　我就睡在她的貓床裏

她不睡貓床了　我睡在那個凹洞裏

老貓讓我睡穩了　站穩了

她在我寫的那個故事裏　那是我自己想的　是假的

她在小孩的小桌子下　在陰暗處　轉了又轉

在我作畫的墨汁裏　掉了那麼多的毛

老貓的病不會好了

才翻到那頁

那被小孩鼻涕噴髒的一頁

肺住扛水裏　寫了幾篇日記

這幾天我只剩下一點點　拿去掃了陽台

被拿去的　瘦成新月的老貓　睡成一個不圓的月亮

被拿去做成了紙娃娃　永遠手牽手

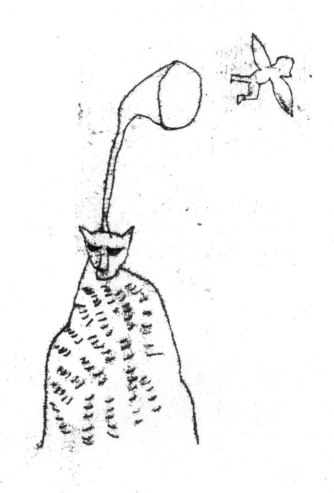

用貓的話來說　她要一間單人房

貓毛在爬來爬去　變成蟬叫

齊聲叫越叫越大聲

對著世界大叫也沒用的

人類都聽到了也沒用的

老貓說

大家都想出院　想在家等死

最後不過是瘦　就倒下去了

大家都不想住院插一堆管

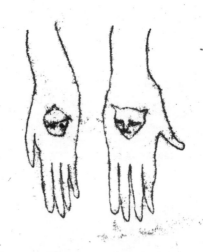

老貓從醫院回來　包在我的掌心裏

她的呼吸被充進泳圈裏

讓我漂浮著　不會沉下去

老貓一定看到了我在岸邊等她

我拿了枕頭棉被　喝進那杯水　有貓的毛

老貓在沙發上

對一切都很接受

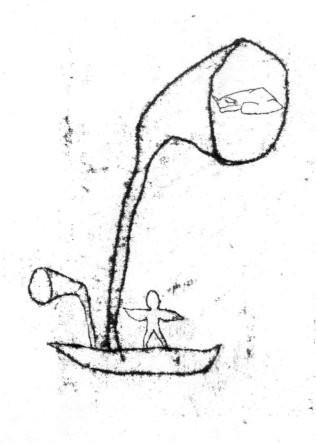

老貓教我　老貓從沒責備過我

剪掉的貓指甲　老貓在那裏呼吸

我在冷水裏　住進泳衣

游著游著老貓在前面等我

切著菜老貓在鍋子裏等我

澆個水老貓爬在欄杆上

老貓等我看見她　等我可以放手

等我不再感到害怕

老貓化成咖啡鼓勵我

把家裏整理好　一件一件事洗曬好

我不上你的車了　老貓說

老貓哪裏都上得去

她輕薄得只有三公斤

像一隻小鳥

（老貓覺得我吵。老貓走到外面。坐在陽台地板。或樓下的屋頂上。這些都是她平常會去的地方。只是她更多時間呆在那裡。在人碰不到她的地方。晚上她會在我工作的桌子上。她老了還是很美。相機也在桌上。但我不想打擾她了）。

這樣的晚上很好。看著她。
不要餵藥。不要拍照。

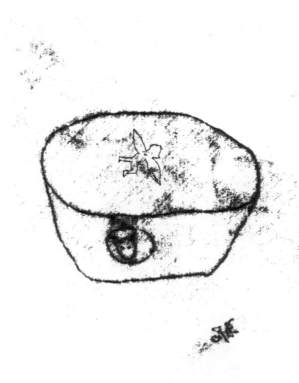

老貓說她會自己走完　不喜歡別人干涉

老貓就是老貓　老貓就是我的外套

我喜歡穿她　我喜歡看她

喜歡落腳在她身上

那裏可以坐下的地方很多

很瘦的老貓

圓圓的臉

變小的心臟

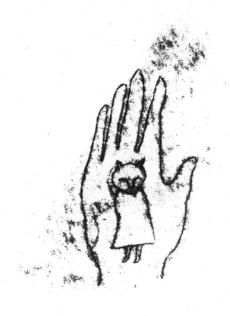

老貓坐在書堆圍出來的牆內　靠近我的電腦

天氣好陰　冰箱裏剩兩顆蛋

我很早就拍了這張照片

像照片那樣　記下來我的老貓

老貓走過來把她的床送給我　我們一起睡過的床

我還沒生孩子前的床

我仔細剪出了那張床

塗上圓形的陽光

放上我的粉紅色被子摺成的小木船

讓老貓準備出發

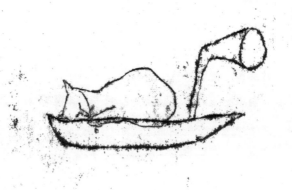

老貓在海上睡覺　戴上海的面具

往前游　往前游

我一個人上了老貓的小船

聞著老貓背脊的草原　沒有其它乘客

船很快就消失了

老貓的臉小成一顆豆子

臉頰小成一雙翅膀

身體小成夏天樹上變黃的葉

小成一顆心臟

會跳會動　安穩地重複

像水波拍岸

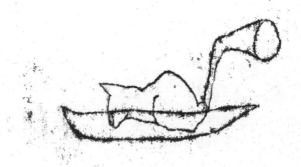

心臟在海上

沉沉欲睡了

不用請來一支針

不用請來一堆藥

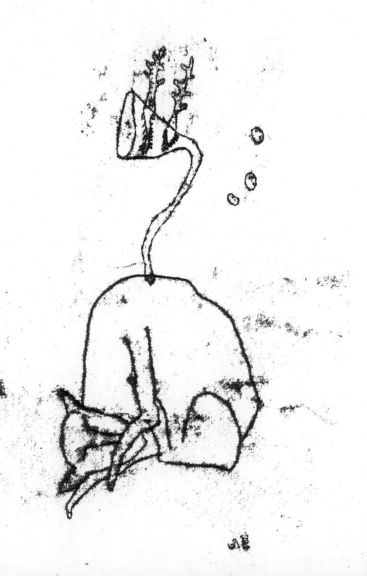

老貓吞了時間

不喜歡吞藥　紅色的藥

黃色的斜陽　黃色大神站在陽台

老貓在黃色大神裏　等雨

停進花盆裏

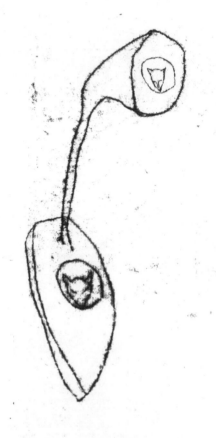

老貓活著從不爲了討人喜歡
晚年也不用做那種好好配合獸醫的貓
不用配合誰　心臟想休息了別勉強它
我們不是將軍　不用作戰

老貓是我
我回家了
我也跟著走

我游過去了　到貓那裏
不用擔心
老貓變成小小的鳥
舉起薄薄的雙翅還想打我
很少看到老貓走路了
病好像停了
等老貓放學時神會來接她
這樣你不用擔心

很多年了　這隻貓
她飛到我耳邊　很早就睡了
她變得更小更小
小成一顆露珠

做人的
就抱起貓
軟的慢慢變成硬的
小成一塊泥土
沒有弄髒什麼

你最後眼中的風景

最後的臉

最後的影子

逼著我無法回頭

這本書很小　因為老貓變得很小很小
老貓現在不喜歡我碰她　她跑掉了
我正好路過　和她打了招呼
親切地叫她的名字

她都很好。走了就很好。摸不到了就很好。這些誦經她都收到了。都很好。在那裡沒有了身體。都很好。她在我黑黑的咖啡裏。印在我的胃裏。黑色的貓印。就在我肚子裏。我每天餵她。你摸摸這裏。就是這裏。她來到牌位前。我的睡衣給她躺。八月四日。九號的屋頂。那時我不在那裏。鳥先飛起來。把她的靈魂帶進一片陰涼的樹林。夏日晚風。從樹林裡剛走出來的空氣抱了她。都很好。她在我自己釘的小筆記本上。我馬上就看到她了。我馬上就抱了她。她都很好。曾經很重要的東西會消失。外面暗了又暗。暗成一個一個方塊。一個一個暗掉的回憶。慢一些的第三天。三十個字的第五天。年輕得多的第五天。她都很好。走過八個屋頂。八塊天空。就回到天空的家。問題會消失一半。就往上一點。問題會全部消失。寶兒會把我帶往哪裏。她是我的媽媽。媽媽不想麻煩我。用這種我不在的方式走了。以一種流浪貓的方式走了。我沒有她的骨灰。唯一就找到一個她睡過的箱子。裏面有一塊我剛洗不久的棉布。上面有她的毛。那塊布我知道。是我離開家前刻意先洗乾淨的。是想她走時用這塊乾淨舒服的棉布覆蓋。我捨不得洗那塊布。拿來枕邊睡。每晚睡前我都要和她對話。

（有時我難免會回想要不要帶她就醫的抉擇，當時也很無助
了問了一些貓友的意見，若現在有人問我，該不該帶不喜歡
看醫生的老貓去看醫生？我會說不用了。治療能夠延長的生
命可能只有一個月。可她要受的可能是她這輩子最令她恐懼
的醫療經驗。好好陪伴她。讓她在熟悉的環境好好走。）